이별 연습

— 나비로나 훨훨

이별 연습

— 나비로나 훨훨

양점숙 시조집

쏠트라인
SALTLINE

올해도 목련이

뒤뜰 목련 배시시
손짓하며 웃네요

아이가 벙글벙글
환하게 따라 웃네요

난 당신
새 주소를 몰라
이 봄날 보낼 수 없어요

차례

| 서시

1부

이별도 연습해야 되나요	12
무신론자의 기도	13
이별 연습 1	14
이별 연습 2	15
늙어가는 법	16
이담에	17
야속하다	18
목숨	19
불안한 예감	20
이별 예감	21
나 웃을 수 있을까	22
병동 단풍	23
어떻게	24
이별의 순간	25
수의	26
장례식장에서	27

2부

이별은 30

보고 싶다 31

이별 뒤에 1 32

윤회 33

기약 없다 34

가신 뒤에 35

그 후 36

금잔디 37

무덤 앞에서 38

이별하는 법 39

아픈 희망 40

강변 찻집에서 41

한 사람 42

연습이 필요해 43

비원 44

이별의 미학 45

3부

그의 빈방   48

이별   49

반쪽   50

기다리다   51

늦가을   52

철들지 못했어   53

가을 수묵화   54

가을 엽서   55

이별 뒤에 2   56

우두커니   57

기다리고 있어요   58

미망인 1   59

이별 노래   60

11월의 바람   61

절집에서   62

또 하루를   63

4부

꿈에라도   66

이별 뒤에 3   67

유품   68

지키지 못한 약속   69

빈집   70

이별 뒤에 4   71

성묘   72

인연   73

죽음   74

하늘로 띄운 편지   75

사라진 가을   76

이별은 꿈처럼   77

덫이었을까   78

잊었을까요   79

별 하나   80

혹시나 만날 수 있을지도   81

5부

나비로나 훨훨   84

기일   85

이별 그 아픈   86

우체통 앞에 서면   87

미망인 2   88

11월의 하늘   89

전화   90

그대 잠든 땅   91

서툰 이별도 아프다   92

상가喪家   93

사모곡   94

이별기   95

이별한 사람은 안다   96

그런대로 살지요   97

떠나는 연습   98

삶이란   99

■ 해설 | 이승하(시인, 중앙대 교수)
이별의 의식이 이렇게 슬프고 아름다울 수가   102

1부

이별도 연습해야 되나요

그대 보내는 법 잊는 법을 난 아직 몰라요

어제처럼 오늘처럼 내일도 모레도

언제나
같이 사는 줄
함께 웃고 울 줄로

무신론자의 기도

숨 가쁜 사람 곁에서 설핏 쪽잠을 자다

어설픈 용서를,
간절한 신의 자비를

앙상한 손을 잡고서 신이란 신은 다 부른다

이별 연습 1

힘없는 눈빛만 봐도 가슴 한쪽 베이는

앓는 소리라도 듣고 싶어 귀 기울이다

그래도 같이 있으니 아직 같이 있으니

이별 연습 2

얼마나 연습하고 또 얼마나 울어야만

이별할 수 있을까 잊을 수가 있을까요

지는 꽃, 바람에 날리듯
속절없이 흘러가는

언제쯤 웃을 수 있을까 하늘 볼 수 있을까

애가 타는 시간 모른 척 그냥 모른 척

또 하루 이렇게 산다
창밖 꽃샘바람 차다

늙어가는 법

소화가 안 된다고 혼자 밥 먹으란다

눕는 것 아픈 것 이별의 연습일까

밥 위에 한숨 후후 분다
문득 목이 메인다

의미 없는 그렇고 그런 나날 속에서

같이 앓으며 같이 늙어가면서

사는 법 죽어 가는 법
이렇게 연습하나 보다

이담에

입맛 없다고 곡기 끊은 사람 옆에서
먹자니 목이 메고 굶자니 허기지고
사는 것 서글프고 야속 타 참 맘대로 안 되는

앓는 며느리 곁에서 먹기 미안했다더니
아무렇지도 않은 일상이 그리움일 때
깊숙한 명치 안쪽이 와르르 무너진다

만나고 싶은 것도 보고 싶은 것도
미루고 미루면서 담에, 이담에
한 생이 길지 않다는 말 오늘에야 알았네

야속하다

이별을 준비하는 사람 곁에서 울다가

밥을 먹고 불현듯 또 차를 마시고

아직도 새우잠 잔다
또 밤이 깊어 간다

목숨

너나없이 간직한 유한의 파편들이

허공을 가르고 스치는 유성 같아

그 많은 추억 속의 미소
눈빛 속에 남긴다

언젠가는 가야 하는 두려움의 저 너머

낙엽에 의미 없는 사랑을 적어놓고

먼 훗날 한 줌 흙이라 해도
그대 앞에 서고 싶다

불안한 예감

사는 일이란 늘
이별과 함께 찾아온다

오늘과 내일
그쯤에는
그가 없을 수도

그리운 그림자를 잡고
추억 속을 걸을 수도

이별 예감

긴 이별을 눈앞에 둔 시간은 새까맣다
잊을 수는 있을까 어떻게 이별할까
안개꽃 시들고 있는데 하현의 달이 뜬다

무섭게 다가오는 이별 앞에 바장이다
처연한 눈빛은 허공에 닿았는데
외롭게 별 하나 뜬다 공허한 나의 하늘

그의 하늘엔 어떤 별이 떠오를까요
이별을 준비하는 아픈 날들 속에서
허방에 발이 빠집니다 눈앞이 흐려옵니다

나 웃을 수 있을까

너 없이도 나 웃을 수, 웃을 순 있을까
어느 날 때론 때로는 웃을 수도
웃어도 눈물 나게 웃어도 바람 소리만 쓸쓸한

그렁한 눈물 속에서 때론 피식 웃다가
비바람 속에서도 꽃이 피듯이
너 없이 나 웃을 수 있을까 웃을 수는 있을까

병동 단풍

추억은 속절없고
이별의 시간은 짧고

어쩔 수 없는 그에게
내일은 없다

단풍이 아름다운 건
마지막 기별 때문일까요

어떻게

이별을 준비하는 사람 곁에서 먹고 자고
울다 때로는 속도 없이 웃다가
막막해 허둥지둥 어쩔 줄 애가 타 어쩔 줄을

보내는 사람일까 가는 사람이 더 슬플까
설마, 설마 하면서 하루하루 까라지는
인생 참 섧고 얄궂다 잡을 수도, 놓을 수도

영원히 사랑하잔 말 영원하리라던 말도
속없이 속도 없이 이렇게 허망하니
누구나 이별하며 산다는데 어떻게들 사시나요

이별의 순간

아무 말도 못 했다 귀 쫑긋 세우고 살폈다

바라보지 못해도 그리움은 출렁이고

눈앞이 정말 아득했다 아무 소리 듣지 못했다

수의

돌아갈 땅의 인연 깊은 시원의 황토 빛깔

호사 한번 못했는데 마지막 진솔 옷자락

깔깔한 진솔의 날개는
이별까지 걷어낼까

헤어짐의 의식은 정이 밴 얼룩 문향

사랑이란 모진 끈이 회한으로 동여질 때

마지막 그늘을 드리우나
감싸 안은 사랑으로

장례식장에서

서툰 기도와 커피와 생생한 기억들이

고상한 단어로 포장된 슬픔의 난장

한순간 터져 나오는 방언
폭포 같은 그리움

묻어둔 울음들이 꽃으로 사열하는

자욱한 그리움에 침침한 서러움에

만수향 목을 꺾는다
새하얗게 사윈다

2부

이별은

어쩔까 어찌할까
푹 젖은 맘 어쩔까

사랑이 혼자 갔다
슬픈 나를 두고

얼마나 아플까 외로울까
가는 맘도 무너지겠지

보고 싶다

달려가는 운구차 저만치 가는 사람아
가더라도 다음 세상 날 잊지 마세요
간다고 아주 간다 말고 추억은 좀 남겨두고

뒤도 좀 돌아보세요 아주 끝났다 말고
잊지도 말고 그립다 한탄도 말고
뼈아픈 사람의 인연이 그렇게 쉽게 끝나나요

저만치 손을 들고 가는 사람아 그래도
한 번쯤은 꿈에서라도 찾아와 차라도 한잔
때로는 안부도 물어주고 보고 싶었단 말도 하고

이별 뒤에 1

걸어도 주저앉아도 눈물이고 한숨이다

달이 떠도 달이 져도 눈물이고 회한뿐

어떻게 살아야 할까 어떻게 죽어야 할까

윤회

잃어도 얻었어도
돌고 도는 세월 앞에

보내고 남았대도
떠나가는 길목

한세월
돌고 간 자리
바람인들 남았을까

기약 없다

호호백발 부부가 앞서거니 뒤서거니

그 모습이 너무나 아름답다던 당신

먼 길을 혼자 떠났다
같이 걷자던 날 두고

백발로 같이 걷고 싶다 말하지 못했는데

말할 기회 그마저 영원히 잃었는데

백발이 되기도 전에
속절없다 기약 없다

가신 뒤에

미친 여자가 거리를 이리저리 헤맨다

삼우제가 낼인데 무엇을 해야 할까

시장엔 사람도 많은데
그 한 사람만 없다

혀를 차며 너무 추워 보인다는 이웃 여자

목도리 챙겨주었을 당신은 이제 없고

추위도 서러움에 묶여
눈앞이 흐려옵니다

그 후

당신 두 손에 모인
기도로 얻은 생명

날 두고 떠난
그대 맘은 어떠신가요

서러운 사랑의 흔적만이
추억 속에서 웃네요

금잔디

생각 없이 산 하루하루 왜 몰랐을까
환하게 웃어주던 그 사람의 슬픔을
이별은 이렇게 오나보다 달도 야위는 긴 밤

기억 속의 몸짓까지 잡고 울던 밤이 가고
잦아들던 마지막 숨결조차 아득해
누구를 잡고 울어야 하늘 볼 수 있을까

허공으로 번져가는 그의 미소를 보다
응어리진 한 생 그 한 생은 너무 멀어
내 곁에 있으리라던 그를 홀로 기다리다

허공에 기억 두니 별빛도 눈물 빛깔
여명의 틈새 생명의 흔적 없고
산 사람, 간 사람 맘을 금잔디로 울리는

무덤 앞에서

그리워하던 어머님
반갑게 만나셨어요?

따뜻한 밥상 차려놓고
늘 기다리시던

만나서
반가우셨어요?
아직도 고우시지요?

이별하는 법

이별하는 법을
아직은 배우지 못해

살고도 또 이별하고서도
난 아직

잊는 법 정말 몰라요
진실로 알 수 없어요

아픈 희망

힘든 날 무심하게 하늘을 쳐다봤다

별이 된 그 사람
내 생각 했을까요

혹시나 날 보고 웃었을지도 손사래 쳤을지도

강변 찻집에서

그가 떠난 강변은 이별만이 출렁인다

어둠 길게 늘인 쓸쓸한 찻집에서

달무리 환한 물결만
시름같이 살피다

강물은 소리 없는 몸짓으로 다가오고

낙엽은 낙엽인 채로 그리움은 그리움인 채로

철없어 늙지도 못한 맘
제 그림자에 무너진다

한 사람

빈자리 채울 수 없는 미소의 그림자여

사랑을 알려주던 운명이란 응어리

정 대신 그리움만 두고 간 사람도 있습니다

연습이 필요해

손을 흔들 줄도 돌아설 줄도 몰라

어둠의 깃발에 걸린 막막한 눈빛

어쩌면 따라 못 간 미련에 빗장을 열어 둔다

비원

솔바람 다녀간 땅에 새가 혼자 운다

길섶에 주저앉은 수심 많은 한 여자가

거친 땅 죄 없는 들꽃
생각 없이 뜯는다

이별의 미학

사람살이의 일이라 사랑이라고 별 수 있나

이별도 사랑도 안아보면 한 가슴

피 흘린 내 안의 그대
그대 안의 나였느니

못다 한 사랑도 아픔도 그건 미련이겠지

눈물도 슬픔도 품어두면 한 가슴

내 맘속 서툰 사랑도
그대 안의 나였느니

3부

그의 빈방

고장 난 시계추 생각 없이 들락거린다

엇 잠근 문밖 방치된 흔적만 남고

자욱한
어둠에 기대
헛울음을 듣는다

이별

이별하고도 밥을 먹고 산다는 것은

아프게 보채다 서글프게 무너지는

뒹구는 시간이에요
그냥 숨을 쉬는 거예요

한 하늘 아래 살고만 있어도 행복인 줄

영원한 사랑은 없다고도 하지만

이별은 그냥 무너지는
속절없이 무너지는

반쪽

내 눈물이 당신이래도
그리움은 끝이 없네

그대 없는 세상
바람 소리만 크고

이곳은 어제와 다르잖은데
그 미소만 뵈지 않네

기다리다

만나고 헤어짐은 구차한 인연인지

어쩌면 앙금처럼 이어지는 그림자

때로는 남겨진 자리
망부석을 세운다

미련 모여 질척이는 그 창백한 기억 속

옹이진 상념 하나둘씩 틀어쥐고

서투른 사랑 노래로
돌 하나를 세운다

늦가을

빨갛게 익어버린 그 산을 쳐다보다

힘없이 늘어진 그 어깨의 무게로

낙엽은 이별의 예감으로
으스스 몸을 떨다

떨어져 맴도는 내 인연의 이름 하나

무심한 가지 끝에 바람으로 날리니

저 혼자 무거운 세월
낮은 음계로 내린다

철들지 못했어

난 당신 앞에선 평생 철들지 못했지

언제나 아기였고 철없는 가시네

그렇게 쉽게 날 떠날 줄을
생각지도 못했지

그곳에선 행복하길 나 없이도 행복해?

때늦은 회한을 당신은 아시나요

누구와 네 이야기 할까
쓸쓸한 이 저녁에는

가을 수묵화

꽃빛으로 익어가던 빛이 바랜 수묵화

그리움은 그냥 멀리 두고 보는 건데

때로는 이유 없는 설움에
눈물 한번 훔친다

갈 곳도 없었는데 마음은 흔들린다

상심하며 지쳐가다 어떤 꽃을 봤을까

이 가을 어느 하늘 손님이
날 적시고 갔을까요

가을 엽서

보낼 곳도 없는데 엽서 한 장 사 들고

읽어줄 사람 없는 안부를 적는다

외롭단 그 한마디 말에
또 한 잎 떨어지는 허공

눈시울이 붉다가 속도 없이 뜨거워지다

잎잎이 지는 그리움에 허공 더 푸르고

저물녘 꽃잎 붙인 엽서에
네 이름을 적었다

이별 뒤에 2

그의 이야기로 시작해 눈물로 끝을 맺던

슬픔과 눈물로 하늘만 쳐다보다

가만히 눈을 감으면
창백한 손끝 보이고

만날 수는 있을까 잊지는 않았을까

하루하루가 불에 덴 것같이 아픈

잊지도 잡지도 못해
그냥 울고야 마는

우두커니

잊힌다고 하더니
잊혀졌다 하더니

미련은 세월 따라
키를 넘었는지

꿈이나 따라가야지
꿈길에서나 기다려야지

기다리고 있어요

날 두고 먼저 간 당신이 더 슬플까요

외롭게 남겨진 내가 더 아픈가요

마지막 손잡고 울어준
내가 있어 다행이었나요

당신 따라갈 때는 난 슬프지 않을 거예요

잊지 않고 마중 나올 당신이 있기에

웃으며 손들고 갈 거예요
꼭 기다리고 있어요

미망인 1

따라갈 수 없었지만 나는 당신의 사람

할 일 다 끝나면 당신 곁으로 갈 때까지

우리가 숨 쉬던 시간
그건 내 인생의 꿈

서러운 이별이라 해도 난 기억할 거야

한 줌의 흙으로 돌아간 당신이라도

내 꿈속 영원한 주인은
은발 날리던 당신

이별 노래

새순 같던 젊음도 땡볕 속의 여름날도
영원할 줄 알았는데 떠나갈 줄 몰랐는데
한순간 낙엽이 지고 하얀 눈이 내립니다

마지막 눈 맞춤이 옹이로 굳어갈 때
문밖에 어둠이 머뭇머뭇 들썩일 때
영원히 안녕하시라 내 사람 나의 인생아

영롱한 별빛 그 시간 속 널 추억하다
그냥 소리도 없이 흘러가는 물처럼
나는 또 이별하고도 화석처럼 앉아 있다

11월의 바람
— 삼우제

메마른 가슴 속을 휘도는 영혼으로

열병의 헛소리는 몸뚱이를 주무르고

안으로 진물은 헌데
조금씩 굳어간다

육신의 허기만큼 무너져 내리는 소망

그리움의 깊이를 눈높이로 가늠하다

헛헛한 넋두리에 젖는
내 시름의 응어리

절집에서
— 49재

영험한 품을 열어 맞이한 단청 아래
풍경의 설법에 혼자 젖는 산이네
발끝에 차이던 모난 돌 회한에 발이 아프다

전설이 내린 처마 낮은 별빛 걸리니
깃기바람에 열린 물오른 첫새벽
오솔길 잠들지 못한 풍경 누구의 소망일까

북소리 앞을 선다 찬이슬에 젖는다
연기가 오른다 불심같이 내린다
마지막 이별의 흔적 불티 환희 날린다

또 하루를

아무 생각도 안 했는데 눈앞이 흐려온다

슬픔이 무엇인지 그리움이 무엇인지

인생 참 덧없다 가엾다
통속적 드라마네

아침이면 해가 뜨고 버릇처럼 밥을 먹고

따라 죽지도 못하고 살아 슬픈

외롭다 버릇처럼 서럽다며
또 하루를 살겠지

4부

꿈에라도

참 야속한 사람 떠난 지도 한참인데

꿈에도 한번 나타나지 않는다

그리움 어떡할까요
아려오는 이 회한을

이저승 길이 달라 그렇게 무심한가요

절대 절대로 그럴 사람이 아닌데

서러움 어떻게 할까요
가슴 메지는 이 회한을

이별 뒤에 3

그날이 그날처럼 무심히 살아가다

세상에 단 한 사람 그 사람과 이별하고

어설픈 사랑의 완성은
이별 그다음인가

추억 속을 살아가는 나날이 꿈 아니듯

이별은 꿈이 아니라 눈물임을 알아

살뜰히 사랑할 것을
따듯이 손잡을 것을

유품

첫 월급으로 사다 드린 빨간 내복과 시계

마지막 마음일까 놓고 가셨다

육신은
그날 이후로
띳집 앞에 그리움 한 채

지키지 못한 약속

사랑하기 위해 태어난 사람처럼 살다

사랑을 말하지 못하고 간 그 사람

하루만 살듯이 살다
날 두고 떠난 사람

다정한 어르신들 손잡고 가는 뒷모습

너무나 아름답다고 말했던 사람이

이별을 예감했을까
같이 걸을 수 없는 날을

빈집

날 저물고 기다리는 사람도 딱히 없는

혼자 돌아가는 발걸음 소리 또옥 또옥

무거운 침묵 끌고 간다
그리움 흥건한 길

그 사람 있어 늘 따뜻하던 우리 집

혼자서 기다린다 그를 기다린다

당신도 날 기다렸나요
나중에 꼭 물어봐야지

이별 뒤에 4

잊지 못할 사람 선산에 누여놓고도

밥 먹고 잠을 자고 해 뜨고 바람 불고

그 사람 어디에도 없는데
아무 일 없는 것처럼

슬픔을 먹고 산다는 나 같은 사람도 있고

절대로 그럴 수 없는데도 세월은 흘러가고

세상은 그래도 돌고
나는 또 밥을 먹고

성묘

찬술에 더운 눈물 잔잔히 부어놓고

담배 연기에 한숨 향불로나 올리니

솔바람 휘돌아 오면
임의 숨결 들릴 듯

돌아서면 어디에도 잡는 손길 보이잖아

발걸음은 돌 되어도 할미꽃은 곱습니다

사는 일 뜬구름 같은 것
떴다가 설핏 지는

인연

탄생과 그 소멸은 인연의 굴레라서

꽃이 피는 것도 낙엽이 지는 것도

이 저승 조각보 같은 인연
만남과 이별인가

죽음

잘살겠다 뛰어 봐도 어디로 달려가는지

한시도 놓지 못한 욕망의 한 끝에서

검버섯 숭숭 피운 채
초혼가를 듣는다

죽음도 하나의 삶 길고 긴 여정이라서

헌 육신 미련 없이 벗어두고 돌아설까

애증 속 그림자마저
범접 못 할 잠 같은

하늘로 띄운 편지

새파랗게 빛나던 하늘로 간다 했다

누군 바람으로, 불로, 물로, 흙으로
아득히 저 먼 허공으로
슬픈 날 남겨두고

상실과 절망 앞에 적어낸 한 자 한 자
살이 패는 그리움 존재의 덧없음을

꽃물 든 편지지 한 장에
번지 없는 그리움만

사라진 가을

임이 떠난 계절은 낙엽이 쌓여간다

그늘 깊던 미소 하얗게 번져가고

색 바랜 한 장 사진으로
향불 앞에 걸린다

눈물로 지는 낙엽 젖은 이름이 쌓인다

제풀에 지쳐 멈춰 선 유택의 황토 빛깔로

그리움 그 커다란 늪에는
꽃비도 깊은 슬픔

이별은 꿈처럼

주어도 모자란 것이 어디 마음뿐일까

생각만 해도 헤프게 넘치던 웃음

둘이는 같이 웃고 우는
한 쌍의 어릿광대였다

맘속 늘 품고 살아도 허공조차 눈물 빛깔

미안하다 말하지 않는 것이 사랑이래도

너무나 미안하고 아프다
바람 소리 너무 크다

덫이었을까

사랑하며 살기에도 모자라는 그 세월

속 끓이는 이야기 이명으로 울고

인생은 아픔으로 남는
후회의 한 끝인지

저마다의 습성으로 미움을 쌓아가다

순간 떠나버린 그대여 삶이여

미움도 하나의 사랑
애증은 덫 아닌가요

잊었을까요

날 보면 늘 웃던 한 사람이 있었습니다
낙엽과 이별하듯 쓸쓸하게 떠난

그 뒤로 소식 없습니다
날 잊었나 봅니다

기다리다 목이 휘는 나는 해바라기
꿈도 없이 서럽게 서성이는 깊은 밤

사는 일 이별의 연습인 줄
그때는 몰랐어요

별 하나

죽음은 그 얼마나 완전한 이별인가

이 세상에 왔다가 꽃 보고 가거나

비바람 우박 속에서
속절없이 떠나거나

사람으로 태어나 사랑하고 또 이별한

이 저승 건너보면 다 그리움이고 꿈인

은하계 작은 별 하나로
반짝이면 좋겠다

혹시나 만날 수 있을지도

당신과 나의 이별이 운명이었다 해도
나를 잊었단 그 말은 하지 마세요
어느 별 어느 순간에 만날지 모르잖아요

세상과 이별하는 날 수의 곱게 차려입고
당신의 미소 찾아 구만리 날아갈게요
그때는 모른 척 마세요 나는 그대의 그대

처음 그날처럼 웃으며 설레며 만납시다
난 당신의 여자 당신은 나의 남자
언제나 만날 수 있다잖아요 그리운 사람은

5부

나비로나 훨훨

죽어 다시 만나 가시버시 된다 해도

외로움에 갇혀 살아 도진 본병

애증 그
올가미 훌훌 벗고
나비로나 훨훨훨

기일

우울하고 허무한 기억을 더듬으며

온갖 핑계로 이불 속을 뒹군다

구부정 허리춤에서
혼자 우는 뼈마디

빛바랜 사진 속 미소 울음처럼 막막할 때

전하지 못한 마음은 그믐처럼 어둡고

쥔 없는 제물 쌓인다
쓴 약처럼 수북하다

이별 그 아픈

머리칼 쓸어 넘기는 그 사람의 미소는
오솔길에 핀 한 송이 들꽃 향기
코끝에 그리움만이 아른아른 스쳐 가고

사랑한다 말하지 못했지만 사랑했고
그립단 말은 못 해도 늘 그립다
따뜻한 그의 미소 속에 난 늘 풍요의 집시

생각 없이 살다 속절없이 사라진 날
그리움에 울고 외로움에 몸을 떨다
뼈아픈 이별의 기억 추억까지 축축해지는

우체통 앞에 서면

빨간 우체통 앞에선 늘 발걸음을 멈춘다

오지 않는 소식을 속절없이 기다리다

우체통 하나 없는 나라는
이별도 없을까요

엽서 한 장 아니면 전화 한 통이라도

감감무소식 아직은 잘 있다는 뜻

죽음은 영원 하자는 말
기다린다는 말 소용없네

미망인 2

복 많다던 그도 비켜 가지는 못했다
떠나야 한다는 생각 그조차 못했던
누구나 이별 앞에선 가슴 먹먹 울지만

인생이란 덧없다는 유행가 가사처럼
하루가 천 리, 보고 싶은 마음은 만 리
아프다 명치가 꺾인다 그리움이 통증인 줄

언제쯤 눈물 없이 하늘 보고 살 수 있을까
만날 수는 있을까 만나 볼 수는 있을까
영원한 응어리 하나 명치 끝에 품고 산다

11월의 하늘

그대 잠든 등성이 옛 그림자가 무겁고
묻어둔 추억이 회한으로 등이 휠 때
하늘도 축축한 물빛 당신 떠난 계절은

소식 한번 없어도 새 소리를 기척 삼아
두 귀를 세우고 발소리를 헤다가
낙엽은 노을 속을 걸어 붉은 낯빛 지우고

비석 곁에 앉으면 그대 떠난 그 길로
안타까운 그리움이 따라와 속살대고
한 움큼 금잔디 위에 찬술 한 잔 붓는다

전화

하늘을 날고 날아 달나라에도 간다는데

떠나간 지 몇 년인데 소식 없는 그 사람

먼 나라 구만리 장천엔
전화 한 대 없는지

사랑한다 후회한단 말 전하고 싶었는데

무심의 넋이던가 기척 없는 가을날

다 늙어 철없는 맘은
전화부스만 한참이나

그대 잠든 땅

계절마다 갈아입는 산빛 그림자로

산과 사람의 흔적들이 늘어서니

허기진 인연의 옹이
요령 소리 몰고 간다

사리처럼 영롱하던 이야기를 묻어놓고

떠나는 연습대로 산을 지고 내려왔다

불 맞아 서툰 그리움을
앞세우고 뒤세우고

서툰 이별도 아프다

그리움의 시원에는 아픔이 너무 많아

철없는 아쉬움에 슬픔은 덤이라

너와 나 서툰 사랑은
어느 생의 업이던가

헤어지고 어쩌다 잊은 듯이 살다가도

문득 가슴 미어지고 하늘이 아득한

뼈아픈 이별의 자국들
손발이 후들거린다

상가喪家

그녀의 속살처럼 푸근하던 채소밭에

가래 끓는 차들 인정만큼 들락거리고

그 환한 불빛 속에서
조등만이 흔들린다

눈시울 붉어 가는 일상의 그늘 속에서

치렁한 상엿소리에 젖은 손을 모을 때

명치 끝 시린 인연을
그 산에 두고 왔다

사모곡

한 생의 삶과 죽음 그렇게 가까운 줄을

순간의 갈림길은 서글프고 매정해

아무런 예고 없이 떠난
임이여 사랑이여

그 따뜻한 웃음소리 귓가를 맴도는데

길 떠난 아쉬움이 왜 그리 깊던지

무심해 짐작도 못 한 이별
꽃 한 송이 바친다

이별기

낙엽의 여린 숨결 한숨 같이 피이고
임 떠난 계절 향로 앞에서 서성이는데
비췻빛 하늘 한 자락 정이 타서 붉었다

가녀린 풀꽃인가 회한에 젖어 서면
바람인 듯 가신 자리 고요만이 숨어든다
저녁놀 비낀 저 산에 뉘 부르나 저 새는

목가의 추억들이 저렇게 처연한데
구시월 접어두고 눈보라 저민 바람아
추워서 너무 추워서 삭정이처럼 흔들렸다

이별한 사람은 안다
— 임재범 콘서트

호랑이 닮은 저 사내도 이별했나 보다
쓸쓸히 흐느끼다 목 터져라 울부짖고
누군들 아프지 않으랴 이별에 울지 않으랴

상처가 괴롭다고 또 많이 아프다는
삶이란 원래 슬픈 눈물의 빛깔
꿈꾸다 사랑만 꿈꾸다 이별하고 또 사별한

안타까운 헤어짐에 울어본 사람은 안다
통속적이어도 그립고 또 아픔이라는 것을
처절한 상처에서 목 트는 울음 같은 저 소리

그런대로 살지요

먹먹한 맘만 두고 생각 없이 잠을 자고

기억 속 그날처럼 웃을 수는 없어도

다정한 이름을 묻었지만
그래도 맘은 남아

피가 배던 아픔은 그런대로 잊었지만

저물녘 허전함은 남다르지 않아

잊었다 잊었다 하고
그런대로 살지요

떠나는 연습

좋은 시를 읽다가 꿈꾸듯 잠이 들 듯
그대 그리다 눈을 감고 떠난다면
조금은 행복하겠지 이별이란 먼 길도

졸려서 불은 끄고 생각 없이 누웠듯이
명이 다했다고 그런 생각조차 못 한 채
망설임 하나도 없이 두 눈 감을 수 있다면

나들이에 지친 채 집으로 돌아가듯
안식을 생각하며 자리 잡고 누웠다면
내 삶은 행복했다고 망설임 하나 없이

헤어짐의 아픔도 미처 생각하지 못해
하얗게 비워버린 머릿속은 꿈을 두고
조용히 떠나간다면 행복한 소풍일까

삶이란

살고 죽는 것이
누구의 소관이기에

돌아보면 아무것도
남은 것이 없다

쉼 없는 윤회 속에서
무심한 정만 남고

이별의 의식이 이렇게 슬프고 아름다울 수가

이승하(시인, 중앙대 교수)

양점숙 시인이 이 세상에 열 번째로 내놓는 시조집 『이별 연습』을 읽고 1주일째 슬픔에 잠겨 아무것도 하지 못한 채 넋을 놓고 있었습니다. 어쩜 이렇게 편편의 작품이 애절할 수 있을까요? 어떤 작품은 처절하고 어떤 작품은 간절합니다. 哀切, 悽絶, 懇切이란 한자어가 다 '끊을 절'이란 글자를 품고 있으므로 베다, 자르다, 썰다라는 동사의 뜻이 함축되어 있습니다. 저는 이 글자가 역설적으로 끊지 못하다, 베지 못하다, 자르지 못하다, 썰지 못하다란 뜻이 들어 있다고 생각합니다. 즉, 그대와의 인연을 끊을 수 없다고, 베어버릴 수 없다고 외치고 있는 것입니다. 저는 80편의 시조를 읽는 과정에서 유리왕이 부른 최초의 고대가요인 「황조가黃鳥歌」와 백수광부의 처인 여옥이 부른 「공무도하가公無渡河歌」, 정지상(?~1135)의 절창 「송인送人」을 떠올리곤 했습니다. 3편의 시를 얘기하다간 해설이 끝날 때까지 계속할 것 같아 생략하고 「송인」만 예시하겠습니다.

雨歇長堤草色多　비 갠 긴 둑엔 풀빛이 짙어 가는데
送君南浦動悲歌　남포에서 임 보내며 슬픈 노래 부르네
大同江水何時盡　대동강 물은 어느 때 마르려는지
別淚年年添綠波　해마다 이별의 눈물이 푸른 강물에 더해지네

　이별의 정한을 담은 고려조 때의 한시인데 지금 읽어
도 참 좋습니다. 양점숙 시인의 새 시조집에 실린 80편
의 시조를 읽으면서 해설자가 느낀 또 하나는 '경이로
움'이었습니다. 단 한 편의 예외도 없이 이별의 아픔을
노래하고 있으니 말입니다. 이별가는 기원전 17년 작인
유리왕의 「황조가」에서부터 시작하여 소월의 시 「진달
래꽃」와 「초혼」에 이르기까지 그 역사가 2천년이 넘습
니다. 시인들은 님과의 이별을 애달파하였고 서러워하
였고 괴로워했습니다. 한용운의 「님의 침묵」, 이상화의
「나의 침실로」, 김영랑의 「모란이 피기까지는」, 서정주
의 「귀촉도」 등 수많은 시인의 대표작이 이별의 아픔을
노래한 것입니다.
　양점숙 시인은 1989년에 등단했으므로 지금까지 꾸
준히 시조집을 내 온 분입니다. 익산문인협회 지부장,
가람시조문학회 회장, 경기대학교 겸임교수, 가람시조
문학상 운영위원, 가람기념사업회 회장 등을 역임하셨
지요. 익산에서 죽 사시면서 가람 이병기 시인의 시정신
을 선양하고 잇는 일에 발 벗고 나섰으며 자신도 열심히

시조의 밭을 갈고 있는 분으로 알고 있습니다. 자, 이제 양점숙 시조시인의 시세계로 들어가 보도록 하겠습니다.

그대 보내는 법 잊는 법을 난 아직 몰라요

어제처럼 오늘처럼 내일도 모레도

언제나
같이 사는 줄
함께 웃고 울 줄로
— 「이별도 연습해야 되나요」 전문

우리는 지금, 오늘을 살고 있습니다. 해설자의 경우, 부모님이 언제까지나 곁에 있을 줄 알았습니다. 그러나 웬걸, 세상을 떠나 유골함 속의 뼛가루가 되었습니다. 우리는 곁에 부모가, 친구가, 동료가, 선후배가, 아내가(남편이), 자식이 "언제나/ 같이 사는 줄/ 함께 웃고 울 줄로" 생각하지만 절대 그렇지 않습니다. 모든 만남과 인간관계는 만나면 반드시 헤어지는 '회자정리會者定離'의 법칙을 따릅니다. 우리는 그런데 이별을 연습하지 않습니다. 그대를 보내는 법과 잊는 법을 모르는 것입니다. 그래서 시인은 이별을 연습하자고 합니다.

힘없는 눈빛만 봐도 가슴 한쪽 베이는

앓는 소리라도 듣고 싶어 귀 기울이다

그래도 같이 있으니 아직 같이 있으니
—「이별 연습 1」전문

　이별의 대상이 평생의 반려자인 남편인 듯합니다. "힘
없는 눈빛"으로 보아 그분은 지금 몹시 편찮아 생사의
갈림길에 서 있습니다. 그런데 다행히 "아직 같이 있으
니" 이별을 앞두고 다행히도 연습할 시간이 있습니다.
그런데 교통사고 같은 경우는 그냥 사망 소식이 전해질
뿐이죠. 두 번째 시를 볼까요.

얼마나 연습하고 또 얼마나 울어야만

이별할 수 있을까 잊을 수가 있을까요

지는 꽃, 바람에 날리듯
속절없이 흘러가는

언제쯤 웃을 수 있을까 하늘 볼 수 있을까

애가 타는 시간 모른 척 그냥 모른 척

또 하루 이렇게 산다
창밖 꽃샘바람 차다
— 「이별 연습 2」 전문

　머지않아 이별의 순간이 올 것이 확실합니다. 꽃이 왜
아름다운가요. 때가 되면 지기 때문입니다. 우리는 축하
할 일이 있을 때 꽃다발을 선물하지만 실은 잘못된 것입
니다. 꽃다발은 시들게 마련이고 버리게 마련입니다. 아
무리 아름다운 꽃도 열흘 이상 피어 있는 것은 없다고
합니다(花無十日紅). 이 시의 화자는 애가 탑니다. 함께할
수 있는 시간이 얼마 남지 않았기 때문입니다. 창밖 꽃
샘바람이 그치면 사랑하는 사람이 하늘나라로 가버릴
수 있기 때문이지요. 죽어가고 있는, 진정으로 사랑하는
사람을 지켜보고 있는 화자의 마음이 그대로 전달됨에
독자들도 깊은 시름에 잠길 수밖에 없을 것입니다. 이제
막 죽음의 순간이 다가옵니다.

　긴 이별을 눈앞에 둔 시간은 새까맣다
　잊을 수는 있을까 어떻게 이별할까
　안개꽃 시들고 있는데 하현의 달이 뜬다

　무섭게 다가오는 이별 앞에 바장이다
　처연한 눈빛은 허공에 닿았는데
　외롭게 별 하나 뜬다 공허한 나의 하늘

그의 하늘엔 어떤 별이 떠오를까요
이별을 준비하는 아픈 날들 속에서
허방에 발이 빠집니다 눈앞이 흐려 옵니다
　　―「이별 예감」 전문

　지금까지 꽤 많은 시와 시조를 읽어 왔다고 생각하는
데, "긴 이별을 눈앞에 둔 시간은 새까맣다" 같은 절묘
한 표현은 접한 적이 없습니다. 얼마나 가슴이 아팠으면
시간이 다 새까맣게 느껴졌을까요. 게다가 "무섭게 다
가오는 이별"이라고 했습니다. 카운트다운이 시작된 것
입니다. 텐, 나인, 에잇, 세븐……. 화자 또한 때가 되면
그대의 뒤를 따를 테지만 지금은 그대가 이승을 하직하
려고 합니다. 지켜보는 것이 너무 가슴 아파 허방에 발
이 빠진 듯하고 눈앞이 흐려 옵니다. 너무나 안쓰럽고
안타깝기 이를 데 없네요. 그다음 시조는 시인의 생명관
이나 인생관을 알게 해줍니다.

　　너나없이 간직한 유한의 파편들이

　　허공을 가르고 스치는 유성 같아

　　그 많은 추억 속의 미소
　　눈빛 속에 남긴다

언젠가는 가야 하는 두려움의 저 너머

낙엽에 의미 없는 사랑을 적어놓고

먼 훗날 한 줌 흙이라 해도
그대 앞에 서고 싶다
— 「목숨」 전문

이 지구상 모든 생명체의 공통점은 유한하다는 것입니다. 내 주변인의 목숨도 유한하고 내 목숨도 유한하고 가로수의 목숨도 유한합니다. 죽음은 '끝'이라는 것을 불교도 기독교도 부인하고 있습니다. 불교에서는 죽음 이후의 세계를 '윤회한다'고 표현하고 기독교에서는 '부활한다'고 표현합니다. 불교의 극락과 기독교의 천국의 개념은 유사하고 지옥이라는 곳도 두 종교가 다 비슷한 개념으로 쓰고 있습니다. 불교에서는 다른 생명으로 태어난다고 하고 기독교에서는 영생한다고 주장하는데 이 시조집에서 죽음의 개념은 불교와 기독교와 다릅니다. 목숨이 영원하다거나 다른 생명체로 태어난다고 보지 않습니다. 죽음은 다만 이별인 것입니다.

사진도 영원히 지상에 남는 게 아닙니다. 우리는 열심히 사진을 찍는데, 한편 생각하면 다 부질없는 짓입니다. 해설자의 어머니가 2007년에 돌아가셨을 때, 4년 뒤에 아버지가 돌아가셨을 때, 처치 곤란한 것이 사진이었습니다. 많은 사진을 버렸습니다. 지금은 스마트폰으로 찍은 사진을 인화하지 않는 경우가 많지만 예전에는 사진관에 필름을 맡겨 다 인화하여 사진첩에다 꽂아두었습니다. 몇 권의 사진첩을 없애면서 가슴만 아플 따름이었습니다. 이 작품을 보면 한 목숨이 다른 목숨과 같이했던 "그 많은 추억 속의 미소"를 눈빛 속에 남길 따름입니다. "언젠가는 가야 하는 두려움"은 그대를 바라보는 나의 두려움이기도 하고 내 남은 목숨에 대한 나의 두려움이기도 합니다. 죽음이 안 두려운 사람이 있을까요?

우리는 대다수 영원히 살 것처럼 제 잘난 맛에 살아가지만 때가 되면 다 사라집니다. 불사신이 아닌데 어떻게 생로병사의 철칙을 거부할 수 있단 말입니까. "언젠가는 가야 하는 두려움의 저 너머" "먼 훗날 한 줌 흙이라 해도/ 그대 앞에 서고 싶다"는 말은 이승에서 못다 한 사랑이니 저승에서라도 하자는 눈물겨운 바람입니다. 이토록 처절한 사랑 고백이 어디 있을까요. 아아, 마침내 그대가 숨을 거두고 맙니다.

돌아갈 땅의 인연 깊은 시원의 황토 빛깔

호사 한번 못했는데 마지막 진솔 옷자락

깔깔한 진솔의 날개는
이별까지 걷어낼까

헤어짐의 의식은 정이 밴 얼룩 문향

사랑이란 모진 끈이 회한으로 동여질 때

마지막 그늘을 드리우나
감싸안은 사랑으로
　　—「수의」 전문

　염습할 때 사자에게 마지막으로 입히는 옷인 '수의壽衣'를 제목으로 한 이 시조에서 시인은 "마지막 그늘을 드리우나/ 감싸안은 사랑으로"라고 하면서 마침내 사랑을 고백합니다. 「목숨」에서는 의미 없는 사랑이라고 했는데 그 말은 허언虛言이었습니다. 사랑이란 모진 끈이 회한으로 동여졌는데 그대는 이제 수의를 입고 있습니다. 그대 없는 세상에서 이렇게 살아있는 사람은 어찌 살란 말인가요. 어떻든 장례식은 치르고 봐야지요.

서툰 기도와 커피와 생생한 기억들이

고상한 단어로 포장된 슬픔의 난장

한순간 터져 나오는 방언

폭포 같은 그리움

묻어둔 울음들이 꽃으로 사열하는

자욱한 그리움에 침침한 서러움에

만수향 목을 꺾는다
새하얗게 사윈다
— 「장례식장에서」 전문

장례식은 두 가지의 의미를 갖습니다. 산 사람이 죽은 사람과 영원히 헤어지는 의례를 갖는다는 것, 즉 영결식의 의미가 있습니다. 또 하나는 한 사람이 딴 세상에 갔다는 사실을 그를 알고 있던 많은 이에게 알리는 것입니다. 화자가 그대와 함께 살면서 쌓은 추억이 동산을 이루고 있는데 사람들이 계속 들이닥칩니다. 손님을 맞이하느라 제대로 슬퍼할 수도 없지요. 고인과 이런저런 인연이 있는 사람이 오기 때문에 추억은 기지개를 켜고, 때로는 자욱한 그리움에 때로는 침침한 그리움에 목이 멥니다.

장례식장에는 왜 그리 꽃이 많은지요. 다 죽은 목숨이라서 하루만 지나도 버리게 되는 꽃이라는 것. 희한하게도 인간은 장례식장에 꽃을 보냅니다. 만수향은 목을 꺾고 새하얗게 사위는데 말입니다. 마침내 시인은 이별을

연습하는 데서 그치지 않고 실행했습니다. 여기까지 제
1부의 시편을 살펴보았습니다.

제2부의 시조는 사별 후에 맞게 된 현실이라고 할 수
있습니다. 그대 없는 세상에서 나는 어떻게 살아야 할까
요.

> 달려가는 운구차 저만치 가는 사람아
> 가더라도 다음 세상 날 잊지 마세요
> 간다고 아주 간다 말고 추억은 좀 남겨두고
>
> 뒤도 좀 돌아보세요 아주 끝났다 말고
> 잊지도 말고 그립다 한탄도 말고
> 뼈아픈 사람의 인연이 그렇게 쉽게 끝나나요
>
> 저만치 손을 들고 가는 사람아 그래도
> 한 번쯤은 꿈에서라도 찾아와 차라도 한잔
> 안부도 물어주고 때론 보고 싶었다 말도 하고
> ─「보고 싶다」 전문

화자는 지금 운구차를 따라가는 버스에 타고 있습니
다. 꿈에라도 찾아와 주길 바라니 살아생전에 두 사람이
정말 사랑했군요. 운구차를 따라가면서 이 시의 화자는
뼈아픈 사람의 인연이 그렇게 쉽게 끝나지 않을 거라고
말합니다. 안부도 물어주고 때론 보고 싶었다 말을 해주

길 바라고 있습니다. 비통합니다.

　모든 장례 절차를 다 마치고 집에 온 뒤, 살아있으니 어떻든 살아야 합니다. 화자의 삶은 늘 '둘'이었는데 이제 '하나'가 되었습니다. 참 막막합니다. 살아갈 일이.

　　걸어도 주저앉아도 눈물이고 한숨이다

　　달이 떠도 달이 져도 눈물이고 회한뿐

　　어떻게 살아야 할까 어떻게 죽어야 할까
　　　—「이별 뒤에 1」 전문

　종장이 숨을 턱, 막히게 합니다. 나 앞으로 "어떻게 살아야 할까 어떻게 죽어야 할까" 하고 말하고 있으니 말입니다. 이제 화자에게 남은 일이란 죽는 것뿐이라는 것인지요. 견디는 일뿐이라는 것인지요.

　　호호백발 부부가 앞서거니 뒤서거니

　　그 모습이 너무나 아름답다던 당신

　　먼 길을 그냥 떠났다
　　같이 걷자던 날 두고

　　백발로 같이 걷고 싶다 말하지 못했는데

말할 기회 그마저 영원히 잊었는데

백발이 되기도 전에
속절없다 기약 없다
―「기약 없다」 전문

  화자가 배우자의 죽음에 대해 이렇게 애달파하는 이
유를 조금은 알겠습니다. 천수를 다 누리고, 편안히 죽
은 것이 아니었습니다. 확실히 나타나 있지는 않지만 안
타까워하는 이유가 있는 모양입니다. 남편은 노부부가
앞서거니 뒤서거니 산책하는 모습을 보면서 부러워했
는데 그렇게 해로하지 못하고 가버린 것입니다. 그래서
가슴이 찢어지는 아픔을 느끼는 것이 아니겠습니까. 그
대는 백발이 되기도 전에 속절없이 가버렸고, 이제 재회
는 기약이 없습니다. 아서라, 이제 내가 죽는 수밖에 없
습니다. 하지만 멀쩡히 살아있음에, 살아야만 하는 것입
니다.

이별하는 법을
아직은 배우지 못해

살고도 또 이별하고서도
난 아직

잊는 법 정말 몰라요
진실로 알 수 없어요
— 「이별하는 법」 전문

제 주변을 둘러보면 아무리 정이 많은 부부일지라도 한 사람이 먼저 가면 남은 사람이 한두 달은 시름에 잠기지만 정신을 차리고 일상사로 복귀합니다. 그런데 시인은 "삼우제가 낼인데 무엇을 해야 할까"(「가신 뒤에」) 하면서 정신을 잘 수습하지 못하고 있습니다. 연습을 할 만큼 했는데도 안 되고 이별을 뼈아프게 했는데도 안 되고 장례식을 치르고 삼우제를 지냈는데도 안 되니 아아 도대체 어떻게 해야 할까요.

방법이 딱 하나 있습니다. 시를 쓰는 것입니다. 내 속마음을 솔직히, 시로 그려내는 것입니다. 시를 쓰면서 시름을 달래고, 시를 씀으로써 나를 살려낼 수밖에 없습니다.

사람살이의 일이라 사랑이라고 별 수 있나

이별도 사랑도 안아보면 한 가슴

피 흘린 내 안의 그대
그대 안의 나였느니

못다 한 사랑도 아픔도 그건 미련이겠지

눈물도 슬픔도 품어두면 한 가슴

내 맘속 서툰 사랑도
그대 안의 나였느니
— 「이별의 미학」 전문

시인은 좌절하고 절망했었지만 가까스로 정신을 차립니다. "피 흘린 내 안의 그대"가 "그대 안의 나였으니" 부부란 일심동체라는 말이 맞네요. "못다 한 사랑도 아픔도 미련이겠지" 하면서 사랑의 미학을 완성합니다. "눈물도 슬픔도 품어두면 한 가슴"이란 구절에서도, "내 맘속 서툰 사랑도/ 그대 안의 나였으니"란 종장에서도, 비탄을 떨쳐버리려는 시인의 각오를 느낄 수 있습니다. 내가 열심히 사는 것을 저승의 그대가 원하지, 이렇게 허구한 날 눈물을 닦고 있는 것을 원할 리 없다고 생각한 것입니다. 시조시인 양점숙 씨 뭐 하고 있는 거요? 시조도 안 쓰고 세월 보내다 내가 있는 세상에 올 거요? 꿈속에 나타나 이런 말을 했는지도 모르겠습니다.

봇물 터지듯이 터져나온 시편이 80편을 채우게 됩니다. 80편으로 되어 있는 시조집 한 권이 오직 이별가로 채워진 놀라운 일이 가능했던 것은 시인의 이런 '애이불

비애이불비悲哀而不悲' 혹은 '애이불상哀而不傷'의 정신이 있었기 때문입니다. 제3부의 시는 이러한 회복 혹은 극복의 시편으로 채워집니다.

　날 두고 먼저 간 당신이 더 슬플까요

　외롭게 남겨진 내가 더 아픈가요

　마지막 손잡고 울어준
　내가 있어 다행이었나요

　당신 따라갈 때는 난 슬프지 않을 거예요

　날 잊지 않고 마중 나올 당신이 있기에

　웃으며 손들고 갈 거예요
　꼭 기다리고 있어요
　—「기다리고 있어요」 전문

　"당신 따라갈 때는 난 슬프지 않을 거예요"라고 말할 만큼 여유를 찾았습니다. 서정주 시인의 경우 아내가 죽었다고 곡기를 끊었다고 합니다. 아내 방옥숙 여사가 10월 10일에 영면했는데 2주 뒤인 24일에 숨을 거뒀지요. 시인이 현명했더라면 아내를 잃은 슬픔을 담은 생애 최고의 명작을 쓰고 나서 숨을 거뒀어야 했습니다. 순

장殉葬의 풍습이 있던 고대사회도 아닌데 그렇게 시름에 잠겨 곡기를 끊는다는 것은 바람직한 일이 아닙니다.

양점숙 시인은 제3부, 4부, 5부의 시편에서 어떻게 아픔을 떨쳐버릴지, 눈물겨운 노력을 합니다. 그 노력이 사뭇 처절하여 눈물짓게 됩니다. 해설자가 하고 싶었던 말은 이제 다한 것 같습니다. 제일 마지막에 있는, 4수로 되어 있는 작품을 언급하면서 펜을 거둘까 합니다.

좋은 시를 읽다가 꿈꾸듯 잠이 들 듯
그대 그리다 눈을 감고 떠난다면
조금은 행복하겠지 이별이란 먼 길도

졸려서 불은 끄고 생각 없이 누웠듯이
명이 다했다고 그런 생각조차 못 한 채
망설임 하나도 없이 두 눈 감을 수 있다면

나들이에 지친 채 집으로 돌아가듯
안식을 생각하며 자리 잡고 누웠다면
내 삶은 행복했다고 망설임 하나 없이

헤어짐의 아픔도 미처 생각하지 못해
하얗게 비워버린 머릿속은 꿈을 두고
조용히 떠나간다면 행복한 소풍일까
— 「떠나는 연습」 전문

마지막 이별 연습입니다. 좋은 시를 읽다가 꿈꾸듯 잠이 들고, 그 길로 하늘나라로 떠나면 좋겠다고 합니다. 아니면 "졸려서 불을 끄고 생각 없이 누웠"다가 두 눈 감을 수 있다면 좋겠다고 합니다. 해설자로서 감히 말하건대, 양점숙 시인은 부군이 함께한 세월이 있어서 "행복한 소풍"이기도 했겠지만 지난 36년 동안 시조의 밭을 일궈 왔기 때문에 행복한 소풍을 할 수 있었던 것입니다. 가람 이병기 선생의 애제자(수제자?)로서의 역할을 다했다고 저는 생각합니다. 자신의 온갖 아픔과 슬픔을, 그리움과 괴로움을 편편의 시조에 절제된 언어로 표현함으로써 '완성된 생'을 이룩한 것이 아니겠습니까. 제가 언급하지 않은 많은 작품에 대한 느낌은 독자의 몫으로 돌리고 저의 해설 쓰기는 여기서 이만 멈출까 합니다. 늘 건강하시길 빕니다.

양점숙 시조집

이별 연습

전자책 발행일   2025년 3월 5일
종이책 발행일   2025년 3월 12일

지은이   양점숙
펴낸이   고미숙
편 집   채은유
발행처   쏠트라인saltline

신고번호   제 2024-000007 호 (2016년 7월 25일)
등록번호   206-96-74796
제작처   04549 서울특별시 중구 을지로18길 24-4
                31565 충남 아산시 방축로 8
이메일   saltline@hanmail.net

ISBN   979-11-92139-74-6 (03810)
가격   12,000원